THIS BOOK
BELONGS TO:

mantra lingua

_____

_____

_____

For Anna
M.W.

For Sebastian,
David & Candlewick
H.O.

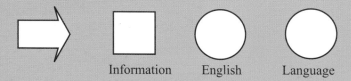

Information   English   Language

Published by arrangement with Walker Books Ltd, London SE11 5HJ

Dual language edition first published 2006 by Mantra Lingua
Dual language TalkingPEN edition first published 2010 by Mantra Lingua
Global House, 303 Ballards Lane, London N12 8NP, UK
http://www.mantralingua.com

কৃষক পাতিহাঁস

FARMER DUCK

written by

MARTIN WADDELL

illustrated by

HELEN OXENBURY

MANTRA LINGUA

অনেকদিন আগে একটা পাতিহাঁস ছিল।
তার খুবই দুর্ভাগ্য যে সে এক বুড়ো–অলস
কৃষকের সাথে থাকে। হাঁসটা সব কাজ
করে। আর কৃষক সারাদিন শুধু
বিছানায় শুয়েই কাটায়।

There once was a duck who had the bad luck
to live with a lazy old farmer.
The duck did the work.
The farmer stayed
all day in bed.

হাঁস মাঠের থেকে গরু নিয়ে আসে।
আর কৃষক বলে, "কি কাজ কেমন চলছে?"
হাঁস উত্তরে বলে,
"কোয়্যাক্!"

The duck fetched the cow from the field.
"How goes the work?"
called the farmer.
The duck answered,
"Quack!"

হাঁস পাহাড়ের ঢাল থেকে ভেড়াদের নিয়ে আসে।
আর কৃষক বলে, "কি কাজ কেমন চলছে?"
হাঁস উত্তরে বলে,
"কোয়্যাক্!"

The duck brought the sheep from the hill.
"How goes the work?" called the farmer.
The duck answered,
"Quack!"

হাঁস সব মুরগীদের তাদের বাসায় রেখে আসে।
আর কৃষক বলে, "কি কাজ কেমন চলছে?"
হাঁস উত্তরে বলে,
"কোয়াক্!"

The duck put the hens in their house.
"How goes the work?"
called the farmer.
The duck answered,
"Quack!"

কৃষক বিছানায় শুয়ে শুয়ে শুধু মোটাই হচ্ছে।
আর এদিকে বেচারা হাঁস কাজ করতে করতে বিরক্ত।

The farmer got fat through staying in bed
and the poor duck got fed up
with working all day.

"কি কাজ কেমন চলছে?"
"কোয়্যাক্!"

"How goes the work?"
"QUACK!"

"কি কাজ কেমন চলছে?"
"কোয়্যাক্!"

"How goes the work?"
"QUACK!"

"কি কাজ কেমন চলছে?"
"কোয়্যাক্!"

"How goes the work?"
"QUACK!"

"কি কাজ কেমন চলছে?"
"কোয়্যাক্!"

"How goes the work?"
"QUACK!"

বেচারা হাঁস ঘুমে কাতর,
দুঃখে কাঁদোকাঁদো আর
খেটেখেটে একেবারে ক্লান্ত।

The poor duck was sleepy
and weepy
and tired.

মুরগীরদল, গরু আর ভেড়াদের খুবই মন খারাপ।
সকলেই পাতিহাঁসকে খুব ভালবাসে। তারা চাঁদের
আলোয় এক মিটিং ডাকে আর পরেরদিন সকালে
উঠে কি করবে সেই প্লান বানায়।

"মু–উ–উ!" গরু বলে।
"ব্যা–আ–আ!" ভেড়ারা বলে।
"ক্লা–ক–ক!" মুরগীর দল বলে।

The hens and the cow
and the sheep got very
upset.
They loved the duck.
So they held a meeting
under the moon and
they made a plan
for the morning.

"MOO!" said the cow.
"BAA!" said the sheep.
"CLUCK!" said the hens.
And THAT was the plan!

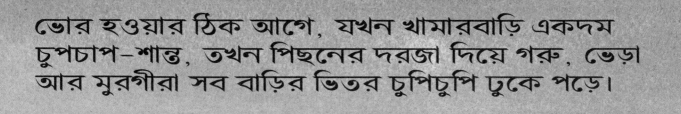

ভোর হওয়ার ঠিক আগে, যখন খামারবাড়ি একদম
চুপচাপ-শান্ত, তখন পিছনের দরজা দিয়ে গরু, ভেড়া
আর মুরগীরা সব বাড়ির ভিতর চুপিচুপি ঢুকে পড়ে।

It was just before dawn and the farmyard was still.
Through the back door and into the house
crept the cow and the sheep and the hens.

তারা হল ঘরের মধ্যে
দিয়ে হেঁটে, সিঁড়ি
দিয়ে ক্যাচ্‌ক্যাচ্‌ শব্দ
করে উপরে আসে।

They stole down the hall.
They creaked
up the stairs.

এবার সকলে গুজি–মুজি করে কৃষকের খাটের নিচে ঢুকে নড়াচড়া করতে থাকে। খাটটা নড়তে শুরু করে আর কৃষক উঠে পড়েই বলে, "কি কাজ কেমন চলছে?" আর...

They squeezed under the bed of the farmer and wriggled about. The bed started to rock and the farmer woke up, and he called, "How goes the work?" and...

"মু-উ-উ!"
"ব্যা-আ-আ!"
"ক্লা-ক-ক!"

"MOO!"
"BAA!"
"CLUCK!"

তারা খাট্টা তুলে ধরতেই কৃষক চিৎকার করে উঠে। তারপর সকলে মিলে সেই বুড়ো কৃষককে আচ্ছা করে এদিক-ওদিক ঝাঁকুনি-ঠেলা-ধাক্কা মারতে মারতে খাটের থেকে ফেলেই দেয়।

They lifted his bed and he started to shout, and they banged and they bounced the old farmer about and about and about, right out of the bed...

সে এক দৌড় লাগায় আর তার পিছন পিছন ঐ গরু, ভেড়া আর মুরগীরদল —মু-উ-ব্যা-ব্যা-ক্লা-ক করতে করতে তাড়া করে।

and he fled with the cow and the sheep and the hens
mooing and baaing and clucking around him.

রাস্তা ধরে...
"মু-উ-উ!"

Down the lane...
"Moo!"

মাঠের মধ্যে দিয়ে...
"ব্যা-আ-আ!"

through the fields...
"Baa!"

পাহাড়ের উপর দিয়ে...
"ক্লা-ক-ক!"

over the hill...
"Cluck!"

আর সে কোনদিনও
ফিরে আসেনা।

and he never came back.

পাতিহাঁস ঘুম থেকে উঠে খুব
ক্লান্ত শরীরে থুপ্‌থুপ্‌ করে
কোন রকমে বাইরে আসে।
ভাবে এই বুঝি শুনবে,
"কি কাজ কেমন চলছে?"
কিন্তু কেউই কিছু বলেনা!

The duck awoke and waddled wearily into the yard expecting
to hear, "How goes the work?"
But nobody spoke!

তারপর গরু, ভেড়া আর মুরগীরদল ফিরে আসে।
"কোয়্যাক্?" হাঁস জিজ্ঞাসা করে।
"মু-উ-উ!" গরু বলে।
"ব্যা-আ-আ!" ভেড়া বলে।
"ক্লা-ক-ক!" মুরগীর দল বলে।
এইভাবে তারা হাঁসকে বলে পুরো গল্পটা।

Then the cow and the sheep and the hens came back.
"Quack?" asked the duck.
"Moo!" said the cow.
"Baa!" said the sheep.
"Cluck!" said the hens.
Which told the duck
the whole story.

তারপর মু-উ করে আর ব্যা-আ করে আর ক্লা-ক্ করে আর কোয়্যাক্ করে তারা তাদের নিজেদের খামারের কাজে লেগে যায়।

Then mooing and baaing
and clucking and quacking
they all set to work
on their farm.

Here are some other bestselling

dual language books from Mantra Lingua

for you to enjoy.